Este libro es de:

_____

Se lo regaló:

_____

La máscara naranja

Ursel Scheffler
Ilustraciones de Hannes Gerber

Ursel Scheffler

Nació en Núremberg y estudió idiomas y literatura en Múnich (a pesar de que de pequeña su ilusión era ser detective, exploradora o arqueóloga).

Desde 1977 vive en Hamburgo, donde ha creado al comisario Caramba, que no sólo no pierde de vista a los rufianes de esa ciudad, sino tampoco a los de Nueva York o Shanghái, porque al Comisario le gusta viajar tanto como a su autora.

Ursel ha escrito más de cien libros, que se han traducido a más de veinte idiomas.

¿Quieres comprobar si eres tan buen detective como el comisario Caramba?

¿Serás capaz de resolver tú mismo los casos?

Encontrarás las soluciones dentro de los círculos que hay al final de cada capítulo. Pero cuidado, ¡el texto está al revés! ¡Utiliza un espejo o mira la página a contraluz para descubrir la respuesta!

CARAMBA RESUELVE TODOS LOS CASOS

¿DÓNDE ESTÁ LA SALIDA?

¡CASA! ¡ANTONI ES UN MILLÓN EN BILLETES! CONDICIONES

MAX   ATZE

¡SIN DESANIMARSE NUNCA!

RETRATOS ROBOT

ES PELIGROSO,
ME HAN DICHO.

Índice

La máscara naranja

Ya es mediodía. Los trabajadores de las oficinas del centro de la ciudad desenvuelven sus bocadillos o se dirigen a comer en alguno de los locales cercanos.

El amable cajero de la oficina bancaria del barrio también se dispone a cerrar las puertas del banco, a pesar de que solo pretende comer un yogur desnatado. Se ve que durante las vacaciones engordó dos quilos y ahora quiere perderlos.

Pero… ¡Ni el yogur se podrá comer tranquilamente! Porque, de repente, un hombre sale del baño de los clientes pistola en mano y gritando:

—¡Que nadie se mueva, esto es un atraco!

El cajero deja caer el yogur y levan-

ta las manos. El resto de trabajadores de la oficina siguen su ejemplo, obedeciendo al ladrón. Lo que no sabe el ladrón es que el cajero ha conseguido poner en marcha la alarma silenciosa, lo que también ha provocado que la cámara oculta que hay escondida detrás de su ventanilla empiece a grabar.

Una máscara de color naranja, que parece un gorro de piel, cubre la cara del ladrón. Es imposible reconocerlo; solo se distinguen sus ojos, con una mirada fría, que observan a través de los agujeros.

El rufián le pide al cajero que ponga el dinero dentro de una bolsa de plástico y este obedece sin rechistar. En la bolsa se puede leer la inscripción: "Mantened limpio el entorno".

El ladrón parece la calma personificada. Con mucha tranquilidad, cierra con llave todas las puertas con las que se encuentra a medida que se dirige a la puerta de detrás del banco. Al salir tira las llaves y la pistola en un contenedor de basura y consigue trepar por la pared que lo separa de un patio del edificio de al lado…

Justo entonces, el comisario Caramba llega al lugar en coche, con un ruidoso frenazo, y sale rápidamente del vehículo.

—¡De prisa, vayan por detrás! ¡Ha huido por el patio de al lado! —grita el

cajero, desesperado, por una ventana.

Caramba persigue al osado atracador, que ya le lleva unos cuantos minutos de ventaja. Apenas lo vislumbra trepando rápidamente por una pared lejana…

Entonces, el Comisario ordena a sus agentes que rodeen los edificios colindantes, y vuelve a subir al coche patrulla para darle caza. Poco después, en unas obras, ve a un hombre que mide aproximadamente lo mismo que el ladrón y que empieza a correr.

—¡Deténgase! —le ordena.

El hombre se detiene, se gira y le pregunta, enfurruñado:

—¿Qué pasa?

—Ha habido un robo. Pero quizá usted lo sabe mejor que yo.

El instinto de Caramba le hace intuir que tiene al ladrón delante. ¿Pero dónde habrá escondido el botín?

Con una señal, ordena a sus agentes

que lo registren.

—¡Esto ya es demasiado! —grita indignado el sospechoso—. ¡Soy un ciudadano inofensivo y no un ladrón de bancos!

—¿Entonces se puede saber por qué corría? —le pregunta, con curiosidad, Caramba.

—Porqué estaba haciendo ejercicio, como cada día —responde el hombre, con una sonrisa irónica—. ¿Es que acaso está prohibido?

El comisario Caramba se queda impactado por el morro del supuesto ladrón. Pero tampoco podría probar nada aún… ¿Dónde estarán la máscara naranja, la pistola y la bolsa con el dinero? El Comisario da instrucciones precisas a sus hombres para que registren la zona.

Al rato, encuentran el arma en un contenedor de basura del patio de detrás de la oficina bancaria. Es una pistola de juguete. Pero el ladrón se ha deshecho astutamente de la máscara y del botín. Como descubrirán a continuación, lo había pensado y planeado todo con exactitud.

El Comisario se muestra perplejo con la situación cuando, discretamente, un hombre baja de una grúa y le saluda diciéndole: "¡Buen provecho, me voy a comer!". "¡Buen provecho!",

le contesta Caramba sin pensar, a pesar de que no tiene hambre, puesto que tiene la mente en otro lugar... Siguiendo con sus cábalas: está seguro de que el tipo que le ha dicho que hacía ejercicio es el ladrón. ¿Pero cómo puede demostrarlo?

Finalmente, se le enciende la bombilla: ¡ya sabe dónde están la bolsa con el dinero y la máscara! Un poco lejos, pero tampoco mucho…

Además, el corredor se ha delatado. Seguro que en la bolsa están sus huellas digitales. ¡Y con eso, su implicación quedaría probada!

Pregunta a todos los detectives con perspicacia y buena vista:

¿Dónde ha descubierto Caramba la bolsa con el dinero y su máscara?
¿Quién es el cómplice del ladrón?
¿Cómo se ha delatado?

Solución:

1. En la pala de la grúa.
2. El conductor de la grúa y el ladrón son cómplices.
3. El ladrón sabía que la persona que buscaban había atracado un banco.

Mermelada de frambuesas de buena mañana

La niebla cubre los campos que hay a lado y lado de la carretera B75. Solo son las 4.30 de la mañana, pero un camión cargado de frambuesas de la plantación de Sengana ya se incorpora a la carretera para ir hacia Hamburgo. El camionero tiene prisa: va al mercado central, pero aún no sabe que no llegará.

Por un momento, el camión impide la visibilidad de la carretera al conductor de un Mercedes 280 SE de color verde que viene de Ahrensburg y también se

dirige hacia Hamburgo a toda prisa. Pero el conductor, lamentablemente, en lugar de reducir la velocidad y quedarse detrás del camión, intenta avanzarle en una curva. Al hacerlo, no ve la moto que viene en sentido contrario hasta que ya es demasiado tarde.

Los neumáticos chirrían y una bocina se encalla y empieza a sonar sin parar. Es la del conductor de la moto, que para evitar el choque ha caído y está en la cuneta. Las ruedas giran en el aire. Dos vehículos más, que intentan evitar el accidente, circulan en dirección hacia el camión y, al frenar, se deslizan perdiendo el control. El camionero queriendo evitarlos, choca con el remolque contra un árbol: este se abre y esparce toda la carga por el asfalto. Todo eso pasa en pocos segundos.

En pocos minutos, todos los afectados por el accidente se encuentran delante de lo que parece un montón de mermelada de frambuesa. Afortunadamente, todo ha quedado en un buen susto. Pero los vehículos tienen algunos desperfectos importantes.

—He visto demasiado tarde la moto. ¡Llevaba las luces apagadas! —se queja el conductor del Mercedes.

—Tenía las luces encendidas; de hecho, ¡aún lo están! —le contradice el conductor de la moto que, aún aturdido, se quita el casco.

—Me parece que lo mejor que podemos hacer es llamar a la policía —opina uno de los afectados.

Entonces se acerca un Volkswagen Golf de color rojo. Como el conductor no ha sido uno de los afectados, les dice que informará a la policía.

El conductor del Mercedes aparta su coche para que el conductor del Golf pueda pasar.

—¡Qué desastre! —exclama el conductor del camión mientras observa, consternado, lo que parece mermelada de frambuesa hecha con las que, hasta hace un momento, eran frambuesas de primera clase y acabadas de recoger. Intenta limpiar un poco la carretera y unos cuantos lo ayudan.

Finalmente, llega la policía. La niebla ya ha disminuido.

El agente anota los números de matrícula de los vehículos afectados y comprueba los datos personales. Después, toma declaración a los testigos para el atestado.

—¿Un Mercedes 280 SE de color verde, dice? —pregunta el agente—. ¿Y se puede saber dónde está?

Sorprendido, el conductor del camión mira a su alrededor. ¡Es verdad! El Mercedes ha desaparecido.

—¡Pero si nos había dicho que solo apartaba el coche! —recuerda el conductor de la moto.

—¡Se ha largado! Ya solo nos faltaba esto… — lamenta el conductor del camión, desesperado.

—¡Y es el culpable de todo este alboroto! Me ha querido adelantar en la curva. ¡Lo juro!

—Entonces, han sido unos inconscientes al dejarlo marchar —refunfuña el policía, enfadado.

—Era un Mercedes 280 SE, de esto estoy seguro, con matrícula de Olderslo, OD, y después una cifra que tenía un 2 o un 3 —cree recordar el hombre.

—No creo que sea suficiente información… —dice el policía, y transmite la orden de búsqueda a la central.

—Todo porque ese descerebrado ha querido adelantar en la curva. ¡Ay!, ¿y ahora qué le diré a mi jefe? —exclama el conductor del camión mientras camina desesperadamente dando grandes gambadas por la carretera, que está pegadiza como si fuera una rebanada de pan con mermelada.

—Si efectivamente todo ha ido como dicen los testigos, al hombre del Mercedes le tocará pagar por los daños provocados —intenta consolarle uno de los afectados.

—Ya hemos iniciado la búsqueda —les dice el policía desde el coche patrulla.

A las 5.15 ya han establecido los nombres de todos los propietarios de los coches de ese modelo y color que hay en la ciudad. Con un 2 o un 3 en la matrícula hay cinco. La policía de Olderslo se pone enseguida a trabajar. El comisario Caramba les insta a que encuentren alguna prueba concreta.

Los conductores de los coches investigados aún duermen cuando, a las seis de la mañana, reciben la visita de la policía. Todos afirman que por la noche no habían salido.

Pero los policías no se dejan engañar. Siguen el consejo de Caramba hasta que encuentran una prueba inequívoca que los lleva hacia el infractor.

Pregunta para todos los detectives que pueden pensar claramente hasta en medio de la niebla:

¿Qué prueba han encontrado los policías? ¿Dónde?

Solución:

Han encontrado restos de mermelada de frambuesa en los zapatos de uno de los conductores y en los neumáticos de su coche.

La mancha de petróleo

Un viernes por la mañana, los vecinos descubren una asquerosa mancha de petróleo en el río Elba. Alarmados, informan a la policía.

—Últimamente hemos tenido varios casos parecidos —recuerda el comisario Caramba. A ver si esta vez atrapamos a estos cerdos responsables de contaminar el medio ambiente.

Caramba envía a sus agentes al lugar de los hechos para que descubran qué barcos han navegado por la zona afec-

tada a la hora en que se han producido los hechos.

Él mismo se dirige hacia el puerto de Hamburgo para informarse sobre qué barcos han remontado el río la noche anterior. Durante la investigación, prácticamente todas las declaraciones son un cúmulo de rumores y sospechas que para nada ayudan al caso. Solo hay una declaración que parece más precisa: el capitán Sanders, del *Priscilla*, recuerda haber visto cómo el barco de carga *Ikarus*, mientras remontaba el río, redujo un momento la velocidad cuando pasaba por Scheinesand para, aparentemente, verter petróleo usado.

—El capitán estaba apoyado en la borda mirando con interés el agua. Al verlo, he pensado: "¡Caray!, el viejo Schmitz aún no respeta la nueva normativa. ¡No me extraña nada que después las anguilas se mueran en el río

Elba!" —le explica el capitán Sanders.

—Pero la contaminación no la han descubierto en Scheinesand, lo han hecho cerca de Schulau —reflexiona Caramba.

—La corriente debe haber arrastrado el vertido hasta allí. Realmente, solo hay un par de horas de distancia.

—Ah, claro, naturalmente —contesta Caramba un poco molesto por no haberlo pensado.

El capitán del *Ikarus* se queda muy sorprendido cuando, de repente, poco antes de llegar al pueblo de Cuxhaven, se acerca un barco de la policía y un hombre gordito y con bigotes de foca, pero muy enérgico, se dispone a subir a bordo.

—¡Ya lo he declarado todo en la aduana! —exclama el capitán, malhumorado.

—¡Pero es que nosotros no somos

de la aduana, capitán Schmitz! —le responde el Comisario.

El capitán se relaja un poco y sonríe. Pero la alegría no le dura demasiado.

—Lo venimos a ver por un asunto muy serio, capitán. Se trata de una cuestión relacionada con la contaminación del agua del río. El capitán del *Priscilla* ha declarado haber visto que, esta noche, ustedes vertían petróleo usado cerca de Schweinesand.

—¡Nunca en la vida haría una cosa así! —protesta el capitán—. Y, de hecho, ¿cómo es posible que alguien pueda distinguir, en plena noche, que se vierte petróleo desde un barco y no agua sucia normal y corriente?

—Hasta nos ha dicho que lo ha reconocido porque observaba la superficie del agua desde la borda, iluminado por las luces del barco.

—Debe ser un auténtico vidente este

Sanders, o como se llame. Yo no he visto ni su barco ni a él. No he visto en mi vida al *Priscilla*. Tiene que ser pequeñísimo: y no he visto pasar esta bañera por delante de la proa de mi barco —refunfuña, enfadado, el capitán del *Ikarus*.

—En cambio, Sanders está seguro de haberlo reconocido —insiste Caramba.

—Cuando vuelva a Hamburgo haga el favor de comentarle que se compre unas buenas gafas antes de hacer falsas acusaciones contra marineros honrados —le propone Schmitz, furioso.

—De todas formas, lo tengo que investigar —le dice Caramba, mientras se enrosca, reflexivamente, el bigote entre el pulgar y el índice y se mira las puntas de los zapatos—. Si tiene la conciencia tan tranquila, estoy seguro de que no le importará si nos llevamos una muestra del petróleo del depósito de su barco para compararla con el petróleo que hemos encontrado en el río.

—Haga lo que tenga que hacer —refunfuña el capitán—. Igualmente tenía que descargar el que llevo en Cuxhaven.

La investigación confirma la sospecha del capitán Sanders. El capitán Schmitz es condenado a pagar una multa muy elevada y, en caso de reincidencia, el juez le advierte de que irá a prisión.

—Sabe perfectamente que el agua es un bien muy valioso y usted, como capitán, deberá tener un especial cuidado —concluye el juez.

Cuando Caramba se entera del desenlace del juicio, comenta:

—Estaba seguro de que Schmitz no tenía la conciencia tranquila. Eso se nota. Además, en su declaración ya desveló que mentía.

Pregunta a todos los detectives a los que no les gusta pescar en aguas turbias:

En la declaración del capitán se intuye dos veces que miente. ¿Cuándo?

Solución:

Afirma que no conoce al capitán del Priscilla y que no ha visto nunca el barco. Sin embargo, dice el apellido del capitán sin que Caramba lo haya dicho.

También insta al Comisario a que le diga al capitán del Priscilla que necesita unas gafas nuevas cuando llegue a Hamburgo. Por lo tanto, había visto que el Priscilla iba río arriba.

¡RECUERDOS DE PARTE DEL FANTASMA!

¡Recuerdos de parte del fantasma!

El fantasma podía asustar a toda una ciudad, provocando terror y el más absoluto pánico.

Le gustaba atemorizar, sobre todo en los anocheceres de verano, cuando la gente estaba de vacaciones: sus zonas favoritas eran los barrios de la ciudad llenos de casas elegantes.

Sin que lo viesen, se adentraba en las casas vacías y robaba solo aquellas cosas de mucho valor. Después, desparecía sin dejar ni rastro, de la misma forma que se había presentado.

Lo único que dejaba era una pequeña tarjeta de visita con un margen dorado que decía:

¡Recuerdos de parte del fantasma!

El director general Jonás se encuentra esta tarjeta cuando un bonito anochecer de julio regresa de un breve viaje de negocios sobre las nueve y media de la noche.

La tarjeta está encima de una mesilla que hay en el recibidor de la casa.

Asustado y blanco como la pared, Jonás entra en el salón, que tiene las puertas totalmente abiertas, y donde el fantasma ha hecho verdaderos estragos. Hay espacios vacíos tanto en el suelo como en las paredes. Los cuadros más valiosos y las alfombras más caras han desaparecido. Los cajones y las puertas de los armarios están completamente abiertos...

Por unos momentos, Jonás se queda

tieso en el salón. Después, se precipita hacia el teléfono y llama al número del comisario Caramba.

—¡No toque nada! ¡Enseguida venimos! —le promete el Comisario.

Mientras espera, Jonás intenta comprobar qué más le ha robado el ladrón. Echa de menos la colección de monedas, la colección de sellos y la estatua antigua de un dios que había encima de la repisa de la chimenea.

O bien el fantasma tiene un sexto sentido para las cosas de extraordinario valor o bien está muy bien informado… ¡Hasta ha encontrado la caja fuerte escondida detrás del estante con los vinos!

Por fin, el Comisario llega a la casa.

—¡Otra vez el fantasma! —exclama; y observa con interés la sencilla tarjeta de visita, toda blanca, que ha dejado el ladrón en la mesilla del recibidor. La agarra con unas pinzas y la mete dentro de una bolsa de plástico.

—Con un poco de suerte quizá nos revelará más cosas una vez esté analizada con precisión —dice, meditativo.

—¡Claro, las huellas dactilares! —exclama Jonás —. Yo no he tocado nada, como me ha dicho por teléfono.

Al Comisario lo acompañan dos agentes del departamento de identificación de huellas. Uno de ellos se acerca con un trozo de geranio roto.

—La puerta de atrás solo estaba ajustada y el geranio estaba en el suelo, justo delante de la puerta. Me imagino que el ladrón ha escalado hasta la barandilla y luego ha saltado por encima de las macetas.

—¿No había nadie en la casa? —pregunta Caramba.

—Tan solo he estado fuera dos días. Pero el portero de la finca tenía las llaves para regar diariamente las plantas.

—¿Dónde vive?

—En aquel edificio —le señala—. Es un anexo construido en el jardín, detrás de los árboles.

—¿Vive alguien más en el anexo?

—La mujer del portero. Ellos viven en la planta baja, y mis asistentas, Lisa y Rosa, tienen las habitaciones en la planta de arriba. Y también está el jardinero, pero él vive en la casita del jardín que puede encontrar si sigue el camino que verá al salir a la terraza.

—Me gustaría hablar con los cinco —le pide Caramba.

Y estando todos presentes, el Comisario les dice:

—Como pueden observar, han entrado a robar en la casa. Para facilitarnos la investigación, el más mínimo detalle nos puede ayudar. ¿Recuerdan algo fuera de lo habitual? ¿Se han fijado, por ejemplo, si la puerta de la terraza estaba abierta?

—Cuando, poco antes de las cinco de la tarde, he ido a regar las plantas, estaba abierta; así que la he cerrado. Se lo puedo jurar —declara el portero.

—¿Recuerda exactamente la hora?

—Sí, porque después quería ver un programa de televisión y, después, el partido el fútbol.

—¿Se ha fijado en algo más? —le continúa preguntando el Comisario.

—¡Seguro que no! —interrumpe su mujer—. Cuando juega el HSV no hay forma de que aparte la mirada del televisor.

—Pero quizá usted sí se ha fijado en algo.

La mujer del portero piensa un rato y después dice:

—Solo he visto que el jardinero ha pasado el rastrillo por los caminos del jardín. Debían ser poco más de las cinco. Imagino que, al saber que esta noche volvía Jonás, lo ha querido dejar todo impoluto.

El jardinero confirma la declaración de la mujer del portero y añade que, una vez ha acabado, también ha entrado en casa para ver el partido de fútbol.

—¿Y no ha vuelto a salir? —le pregunta Caramba.

—No —asegura el hombre—. Hoy he trabajado mucho y estaba terriblemente cansado. Después de limpiar los caminos ya no he vuelto a salir.

—Es verdad —confirma el agente de identificación de huellas—, el camino lo han limpiado hace poco. Aún se ven las señales del rastrillo en la arena. Además, las pisadas vienen de la casita del jardinero, pero no hay ninguna que vaya hacía allí.

—Son mis pisadas —dice el jardinero mirándose, avergonzado, las sucias botas de goma.

—¿Ustedes también han visto el partido de fútbol? —pregunta Caramba, suspirando, a las dos criadas.

—No —contesta Lisa—, hoy teníamos el día libre y queríamos ir a bailar, pero no había nada de ambiente... Debe ser que todos los hombres son unos fanáticos del fútbol.

—Después hemos pensado en volver a casa, pero ha empezado a llover, así que hemos ido al cine que quedaba más cerca —explica Rosa.

—¿Y eso cuándo ha sido? —les pregunta Caramba, con interés.

—Debían de ser las siete —responde

ella—. Poco antes de las nueve ya estábamos de vuelta a casa.

—Vaya, vaya… —dice el Comisario y, entonces, algo le hace reflexionar—. ¿Y cuando han llegado a casa no se han percatado del robo?

—No, gracias a Dios —suspira Rosa—. Si nos hubiéramos dado cuenta no habríamos podido cruzar el jardín hasta el anexo.

—¡Me estremezco solo de pensar

que el ladrón aún podía estar escondido entre las plantas del jardín! —comenta Lisa en voz baja.

Entonces, vuelve uno de los agentes de identificación de huellas y dice:

—Ni rastro del fantasma, como siempre.

—¿Ha dicho "el fantasma"? —pregunta Lisa, que de poco no se desmaya del susto.

—Sí, eso mismo —responde el agente.

—No se preocupen. Ahora ya no hay motivo para alarmarse —les intenta tranquilizar el Comisario—. Gracias por sus declaraciones, me han sido muy útiles.

Después, se dirige a todos los presentes y les dice:

—Podemos afirmar que el robo se ha producido entre las cinco de la tarde, que es la hora en que la puerta de la terraza aún estaba cerrada, y las nueve y media de la noche, que es cuando ha vuelto el señor Jonás.

—Me sabe muy mal no haberme dado cuenta de nada, señor Jonás —se disculpa el portero—. Si agarro al individuo… ¡Que se vaya preparando!

El jardinero también mira los estragos que ha provocado el ladrón fantasma y exclama:

—¡Qué morro! Entra en una casa

dejándolo todo patas arriba, pero luego deja con elegancia una tarjeta de visita en la mesilla del recibidor. ¡Eso es puro cinismo!

—Hay que reconocer que, a veces, las tarjetas de visita son una cosa muy útil —dice Caramba, y el director general Jonás no puede comprender por qué le guiña un ojo—. En este caso, por ejemplo, he descubierto que la tarjeta es falsa. No es la tarjeta original del fantasma, ¡se trata de un simple imitador! Gracias a ella, he podido saber que el auténtico ladrón es uno de los presentes, porque ha cometido un

grave error…

—¿Un error? —pregunta Jonás, incrédulo.

—Para ser más exactos, dos —añade Caramba antes de dar órdenes para detener al ladrón.

Preguntas a todos los detectives que no se dejan intimidar por los ladrones fantasmas:

¿Quién es el ladrón?

¿Qué dos errores ha cometido?

¿Por qué Caramba ha descubierto que la tarjeta de visita no era la original del fantasma?

Solución:

El ladrón es el jardinero. Sabía que habían encontrado la tarjeta en la mesilla del recibidor.

Después del robo, ha vuelto a pasar el rastrillo por el camino, porque a las siete ha llovido.

Si las señales del rastrillo eran recientes, no podían ser las de las cinco.

La tarjeta del fantasma tiene el margen dorado, pero la que han encontrado es totalmente blanca.

El cumpleaños
del puerto

El puerto celebra su cumpleaños, se oyen canciones de una orquesta de marineros por todas partes y el aire huele a palomitas y a salchichas a la brasa.

Los niños tienen las manos ocupadas agarrando cucuruchos de helado y globos. ¡Hasta hay teatro callejero! Los adultos también pueden estar bien satisfechos: por la tarde se celebrará la gran competición de veleros. El tiempo es favorable y los barcos de vela podrán llegar fácilmente a puerto, con toda su belleza. Los fotógrafos de prensa y los aficionados a la vela ya se han posicionado para encontrar los mejores sitios para verlos, y están esperándolos con las cámaras a punto. En una tribuna de honor están todos los famosos, los que tienen un buen cargo o los que tienen buenas relaciones con quienes reparten las entradas.

Los políticos se sientan al lado de los personajes más importantes del mundo del teatro y de la economía. Entre los invitados hay cónsules y embajadores de algunos países de fuera de Europa.

Cuando el espectáculo ya ha empezado y la orquesta de marineros Los Náufragos toca la canción "A toda vela" el embajador de Ghana grita:

—¡Mi reloj ha desaparecido! ¡Robado! —exclama hablando como puede, ya que aún no domina nuestra lengua. El alcalde mira a su alrededor furioso, y da una señal al jefe de policía para que se ocupe de la cuestión. El jefe de policía se acerca un momento al disgustado invitado extranjero y hablan un momento en voz baja. Después se dirige hacia uno de los coches patrulla de la zona. Desde allí, solicita a Caramba que se encargue de ese incidente tan desagradable.

—Me ha informado de que se trata de un reloj muy valioso: ¡un regalo personal de la reina de Inglaterra! En la parte interior de la tapa hay una dedicatoria y el escudo de la familia real.

—Haré todo lo que esté en mis manos —le promete Caramba.

Un reloj con una dedicatoria tan personal es muy difícil de vender. Además, será muy incriminatorio para el ladrón, en caso de que lo encuentren. Por tanto, va a intentar deshacerse de él lo antes posible. Pero, ¿cómo?; esa es la pregunta clave, piensa el Comisario.

Lo primero que ordena es llamar a todas las tiendas que compran joyas de segunda mano y también a todas las casas de empeño para comunicarles el robo. Pero una vez hecho esto, solo queda esperar.

Por eso, hasta tiene tiempo de repasar mentalmente todos los ladrones locales más conocidos. ¿Cuál de ellos podría colarse entre tanta gente distinguida sin llamar la atención? Solo Gentleman Joe, ¡claro está!

Pero si no consigue descubrir alguna pista incriminatoria, el caso del reloj de la reina no tendrá solución, ya que en caso de acusar a Gentleman Joe de haber cometido el robo, este nunca lo reconocerá sin más.

Entonces, una casualidad ayuda al Comisario.

Lo llaman desde la casa de empeños de la calle Bismarck para decirle que al-

guien ha empeñado un reloj de bolsillo con una gruesa cadena de oro y un escudo real grabado en la parte de dentro de la tapa. La descripción del aspecto del hombre que lo ha llevado curiosamente coincide con Gentleman Joe, un viejo rufián muy conocido por Caramba por sus pequeños robos desde hace años.

El Comisario se dirige de inmediato hacia la "residencia fija" de Gentleman Joe, una casa flotante en un tranquilo canal de Alster.

Gentleman Joe lo recibe amablemente, haciendo gala de su mote.

—¿Le apetece tomar algo? Hace mucho calor, ¿verdad? No apetece para nada salir de casa… Por eso aún le agradezco más el honor de su visita. ¿Qué complicadas circunstancias lo han traído hasta mi humilde residencia? —le pregunta.

—Un reloj de oro —contesta Caramba, que no está de humor.

—¡Caray, qué maravilla! ¿Lo ha heredado? —le pregunta el ladrón, con hipocresía.

—Sabe perfectamente de qué estoy hablando. Se trata del reloj de oro que hoy mismo ha robado muy hábilmente del bolsillo del embajador mientras estaba en la tribuna de honor, en la fiesta de cumpleaños del puerto.

—¿Hoy se celebra el cumpleaños del puerto? Oh, ahora que lo dice... Sí; es verdad, ¡ahora me acuerdo! Pero... ¿qué le hace pensar que he hecho tal cosa, Comisario? ¡Yo nunca haría algo así! Además, ¿robar a un africano? ¡Pero si no hago otra cosa que hacer donativos para el Tercer Mundo! Puede preguntarlo a mi asesor financiero. ¡No tiene derecho a cargarme este muerto! No, a mí no.

Gentleman Joe se gira, muy ofendido, para observar su jardinera llena de geranios, a través de la ventana.

Caramba lo mira un rato, meditativo, y no dice nada.

—Venga —dice Joe, finalmente—, si no se lo cree, puede ponerse a buscar el reloj usted mismo.

—No será necesario —le contesta el Comisario—: el reloj ya lo tengo. Y también su confesión, ¡porque sin querer se ha delatado, Joe! Haga el favor de acompañarme. Seguro que aún tiene el recibo de la casa de empeños en su cartera.

Gentleman mete las manos en los bolsillos y se queda blanco como la pared, cosa que confirma que Caramba ha vuelto a acertar de lleno con su suposición…

Pregunta a todos los detectives que tienen los pies en el suelo, incluso en una casa flotante:

¿Cómo se ha delatado Gentleman Joe?

Solución:

Sabía que se trataba de un embajador africano sin que el Comisario se lo hubiera dicho.

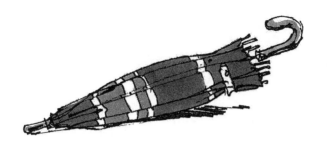

Tiempo de rebajas

¡Ya han llegado las rebajas de verano! En el centro de la ciudad hay la muchedumbre habitual en estos casos. ¡Hasta se pueden ver empujones por los pasillos de los grandes almacenes! Miles de manos buscan entre montones de calcetines, jerséis, calzoncillos y fulares. Muchos caen en el error de comprar cosas baratas que en un principio no querían. Pero las rebajas no son solamente una tentación para los clientes habituales, como enseguida veremos… El comisario Caramba solo quería comprar rápidamente una pila para una calculadora.

—¡Si lo hubiera sabido! —se queja, secándose el sudor de la frente. Ya falta poco para la hora de cerrar y le gustaría ir a otra tienda, pero tiene que esperar, como todo el mundo, en una cola de hasta siete metros de largo, en la caja de la sección de aparatos eléctricos.

Entonces, se dispara la alarma de los grandes almacenes. En la sección de joyería, al lado, hay gritos y confusión. Caramba ve a un hombre con gorra de visera y chaqueta de piel que se abre paso entre la gente con un paraguas enorme y trata de escapar.

—¡Atrapadlo!, ¡atrapadlo! —grita la vendedora, agitada.

Pero la gente no hace más que mirarse sin saber qué hacer. Mientras el hombre sube en el ascensor, Caramba ve cómo las puertas automáticas se van cerrando lentamente tras él, y no puede llegar a tiempo de detenerlo.

Sin perder la calma, se dirige al teléfono que hay al lado de la caja y, por suerte, consigue hablar con la centralita. Se han percatado de la señal y siguen su consejo de cerrar enseguida todas las salidas.

Muy rápido, se dan cuenta de que la medida es acertada. ¡El robo parece ser importante!

—Se ha escondido unos cuantos relojes en el paraguas, los más caros que tenemos, además del anillo de brillantes de la exposición especial. ¡No sé cómo lo habrá hecho para conseguir levantar el cristal de la vitrina! —excla-

ma la vendedora, llorosa porque no ha podido evitar que el astuto ladrón se marchara entre la multitud.

—¿Y por qué no lo ha perseguido? —le pregunta el jefe de sección, con un leve tono de reproche en la voz.

—¡No podía ni pasar por encima del montón de ofertas especiales de despertadores baratos que hay colocados en el mostrador! —se defiende la dependienta.

Caramba decide intervenir en la conversación:

—No se preocupen. Yo he visto al ladrón, no se nos escapará. Se ha metido en el ascensor. Tenemos todas las salidas vigiladas, así que nadie puede salir sin que nos demos cuenta, sobre todo si lleva una chaqueta de piel —les tranquiliza, convencido, el Comisario.

La vendedora, finalmente, se tranquiliza y sigue despachando a los clientes.

La salida de los almacenes se produce más lentamente de lo que es normal: todos son exhaustivamente controlados al salir.

Caramba y la vendedora han descrito exactamente al sospechoso, así que nadie que se le parezca lo más mínimo tiene ninguna posibilidad de escaparse, ni siquiera por el sótano o por la escalera de incendios de la fachada.

Al final, retienen a diecisiete personas. Trece llevan chaqueta de piel; dos, gorra con visera, y dos más llevan un paraguas enorme.

El ladrón, sin embargo, no es ninguna de las diecisiete personas: tanto el Comisario como la dependienta están segurísimos.

Por eso, empiezan a registrar todas las secciones detenidamente, incluso detrás de los estantes y debajo de las mesas. Pero no encuentran al sospechoso en ningún lugar…

—¡Por fuerza se tiene que haber escondido en algún lugar del edificio! —exclama Caramba. ¡Y no le falta razón, porque en el último momento descubre al ladrón!

Pregunta a todos los detectives a los que no se les escapa ni una, incluso en las rebajas:

¿Dónde se ha escondido el astuto ladrón?

Solución:

En el escaparate.
Ver la ilustración de la página 70.

El circo de estaño

Es un precioso día de primavera. Los pájaros cantan alegres, la gente se saluda amistosamente y Knut Knusewitz silba feliz mientras aparca su coche de color azul oscuro en una calle cerca del parque.

Después, decide dar un paseo primaveral un poco raro. Atraviesa un trozo de césped, esquiva un seto y se dirige hacia una hilera de casas con terrazas.

Llama al timbre del piso más alto y, cuando le abren la puerta, no sube por

las escaleras, sino que baja hacia el sótano y entra en el garaje por una puerta de hierro entreabierta.

Ahora ya no silba, sino que se muestra muy sigiloso.

Tres casas más allá, sube con el ascensor hasta uno de los pisos de arriba y llama. Nadie abre la puerta. Es lo que esperaba. La manipula durante un par de minutos hasta que consigue abrirla y entrar en casa del cónsul Heinrichsen, que se ha ido de viaje a África. Knusewitz lo sabe de buena fuente. Es el momento ideal para apoderarse de su colección de estaño, un conjunto selecto de piezas de los siglos XVII y XVIII. La colección del cónsul, descendiente de una antigua familia de estañadores de Núremberg, la ha heredado en parte, pero también la ha ido ampliando con grandes esfuerzos.

Knut Knusewitz sujeta la "lista de

la compra" que lleva en el bolsillo. A su cliente le interesan sobre todo un circo de estaño y un grupo de solda-ditos romanos.

—¿Y dónde caray estarán los anima-lillos? —refunfuña el ladrón, mientras escudriña a su alrededor. En las paredes hay, por todos lados, vitrinas llenas de figuritas de estaño muy bien hechas—. ¡Ah, estabais aquí! —murmura cuando descubre finalmente a las figuritas de colores vivos en una de las vitrinas del comedor.

—¡Perfecto! Ahora solo me falta el ejército romano…

Lo encuentra fácilmente y lo mete todo delicadamente dentro de una caja cuadrada. Satisfecho, contempla su bo-tín: leones, tigres y legionarios romanos, todos ya envueltos con papel de seda.

Knusewitz, aliviado, se mete en la boca un caramelo de menta.

Después, sale rápidamente de la casa sujetando la caja con la mano y cierra la puerta justo a tiempo porque, cuando entra al ascensor, ve a la portera subiendo las escaleras con un cubo. La mujer quiere fregar la escalera y, siempre que el cónsul está de viaje, aprovecha para regarle las plantas.

¡Imaginaos el susto que se lleva al descubrir el robo! El ejército romano ha dejado un más que visible vacío en la vitrina. Poco después, la portera llama, alarmada, a la policía.

—No se preocupe, venimos enseguida. Informaremos al cónsul rápidamente si me facilita su número de teléfono —le promete el comisario Caramba.

El cónsul, al recibir la noticia, se queda trastornado.

—¡He dedicado todo mi tiempo libre y mis ahorros a esa colección! —se lamenta—. Es única en Europa, ¿qué digo, en Europa? ¡Es única en el mundo!

—Haremos todo lo que esté en nuestras manos para recuperar las figuras —le promete el Comisario y, enseguida, se dirige al lugar de los hechos.

Después de inspeccionarlo todo con atención, Caramba asegura:

—Tiene toda la pinta de tratarse de un robo por encargo. El ladrón solo ha seleccionado unos grupos determinados de figuras de estaño, sin duda especialmente valiosas.

De repente, el Comisario se agacha y agarra un papelito arrugado. Lo despliega y murmura:

—¡Es de un caramelo de menta!

Esto le recuerda un caso de no hace mucho en el que también se encontraron un envoltorio de un caramelo de menta. Pero… ¿dónde fue?

—Todo el mundo comete algún error —reflexiona.

—¿Qué dice? —le pregunta la portera, ofendida—. ¡Que yo no lo he tirado! Nunca me han gustado nada los caramelos y, además, la semana pasada barrí bien todo el suelo.

—¡Tranquila, no me refiero a usted, sino al ladrón! —le aclara Caramba, y entonces recuerda el caso en el que encontraron un envoltorio de caramelo de menta. En ese las miniaturas robadas eran de oro y, también, por encargo. ¿Quién fue el autor del robo?

—¿Debería hacer una llamada? ¿Dónde está el teléfono? —le pregunta a la mujer.

La portera le señala el teléfono del despacho del cónsul. A los pocos minutos, un agente descubre en la base de datos de la policía de qué caso se trataba. Parece que el sospechoso fue un hombre llamado Knut Knusewitz, pero no pudieron demostrarlo.

Caramba decide hacerle una visita. Knusewitz lo saluda como si fuera un viejo amigo.

—¿Sabe el motivo por el que estoy aquí? —le pregunta Caramba.

—¿Quizá porque aún no ha olvidado aquel viejo caso? ¡Me parece que es usted un poco rencoroso! —le responde Knut.

—Esta vez se trata de un robo en casa de Konrad Heinrichsen, en la calle Schumann, al lado del parque. ¿Conoce el barrio?

—Tengo una ligera idea de dónde está la calle Schumann, pero no conozco al cónsul Heinrichsen. ¿No estará intentando involucrarme de nuevo en un robo, no, señor Comisario? —pregunta Knusewitz, haciéndose el ofendido.

—El robo del que le estoy hablando es un robo importante. Toda una tentación para un enamorado del estaño.

—Muchas gracias por contármelo, Comisario; es una lástima que no me lo haya dicho antes… Alguien se me habrá adelantado. Pero, en fin, eso de las figuritas de estaño es cosa de niños, ¡no es para mí! A mí me gustan más las chicas jóvenes.

Caramba inspecciona a Knusewitz de arriba abajo mientras sigue pensando.

—¿Le gustaría tomarse una copa de coñac antes de irse? —le interrumpe Knusewitz.

El Comisario casi se queda sin habla.

Nunca le habían dicho con una amabilidad tan sinvergüenza que se fuera. Pero entonces decide pasar a la acción. Se levanta y le dice, dignamente:

—No bebo nunca mientras estoy de servicio. Tener la mente despejada es importante para poder hacer bien nuestro trabajo. Eso ha hecho que hoy me haya dado cuenta de dos graves errores en su declaración. Haga el favor de acompañarme.

Pregunta a todos los detectives con la mente despejada:

¿Qué errores ha cometido Knusewitz en su declaración?

Solución:

Se ha delatado al saber que se trataba del cónsul Heinrichsen y de figuras de estaño. Caramba no le había dicho que fuera cónsul ni que fueran figuritas.

Un ladrón en
la tienda de pieles

Han abierto una tienda de pieles en
una calle un poco alejada del centro de
la ciudad. Seguramente por eso, cuando los vecinos pasan por delante no es
de extrañar que piensen en voz alta:

—No entiendo que hayan abierto
una tienda en un lugar tan malo como
este —comenta la señora Schilling.

Y su esposo exclama:

—¡Estas pieles son carísimas! ¿Quién
se las comprará? Y, además, ¡en pleno
verano!

—Siempre hay gente chiflada —contesta la mujer, y añade—: Y gente que no da ninguna importancia al dinero y se compra abrigos de piel hasta en verano; para las vacaciones en el Polo Norte, me imagino.

—Pero igualmente no me entra en la cabeza que alguien venga hasta aquí si lo que quiere es comprarse un abrigo de piel —dice el señor Schilling y, a continuación, ambos siguen paseando.

El señor Schilling se equivoca, porque esa misma noche se confirma que hay personas que están dispuestas a llegar hasta allí para quedarse con las pieles.

A la mañana siguiente, el propietario de la tienda llama, alarmado, a la policía:

—¡Han entrado a robar en mi tienda de pieles de la calle Biber! ¡Hagan el favor de mandar a alguien lo más pronto posible!

—Vendré personalmente —le promete el comisario Caramba, sube al coche de policía con los agentes y se dirige hacia la calle Biber.

Delante de la tienda se ha congregado un montón de curiosos:

—Esta madrugada, a las tres, cuando he acompañado a mi amiga a su casa, las pieles aún estaban —explica un hombre—. Por lo menos, ¡ahora ya no me hará falta convencerla de que no necesita el abrigo de piel que quería! —añade.

El peletero, que está al lado de la puerta, exclama:

—¡Mire, señor Comisario, se lo han llevado casi todo! Solo han dejado una

pieza de muestra como si se quisieran reír de mí. Y, encima, la mayoría aún no las había pagado…

El Comisario entra en la tienda. Lo inspecciona todo junto con sus agentes. Uno de ellos hace un mapa del escenario de los hechos y apunta: "Vamos a ver: cristal roto en la puerta de atrás, palanca al lado del escritorio, cable de teléfono del despacho cortado, fusibles desenroscados, caja fuerte abierta, ninguna huella dactilar… Seguramente el ladrón llevaba guantes".

Mientras, Caramba habla con el propietario.

—¿Cuándo se ha dado cuenta del robo? —le pregunta.

—Enseguida. Al querer entrar, siempre lo hago por la puerta de atrás, ya me he dado cuenta de que estaba abierta y con el cristal roto. Así que ya me he imaginado lo peor: al ir hacia el despacho he visto el desastre. ¡La palanca con que el ladrón ha forzado la puerta aún estaba al lado del escritorio!

—¿A qué hora ha sido todo eso? —le pregunta Caramba.

—A las ocho y media. Lo sé perfectamente porque me he fijado en el reloj del rincón, como cada mañana.

—¿Tiene alarma en el local?

—Pues sí, pero funciona con un mecanismo de retraso: es una medida de seguridad para que no se dispare sola si alguien abre sin acordarse de desconectarla. El ladrón debía de conocerlo puesto que ha ido rápidamente hacia la caja de fusibles para cortar la luz.

—De acuerdo, entendido —dice Caramba, mientras toma notas—, y no habrá tocado nada, ¿no? —le pregunta.

—No, hombre, ¡por supuesto que no! —asegura el dueño—. He llamado enseguida a la policía desde mi despacho y lo he dejado todo como estaba. Han llegado en menos de cinco minutos: tengo que reconocer que se puede confiar en su rapidez —añade, agradecido.

—Espero que se sienta tan satisfecho cuando resolvamos el caso —le responde Caramba, mientras se aclara la voz.

—Seguro que sí —responde, confiado, el peletero—, más sabiendo la fama que le precede.

—No se haga ilusiones antes de tiempo. Una última pregunta: ¿tenía las pieles aseguradas?

—Sí, gracias a Dios —suspira el peletero, aliviado—. Es un pequeño consuelo.

—Que no lo va a ayudar demasiado, amigo mío. Lamento tener que comunicarle que lo tengo que detener por intento de estafa a la compañía de seguros.

—¿Cómo? ¿Pero esto qué es? ¡Estoy indignado! —grita el hombre, sorprendido.

—Ha decorado muy bien el lugar de los hechos —reconoce Caramba—, pero ha cometido un pequeño error…

Pregunta a todos los detectives que no tienen pieles delante de los ojos:

¿Qué error ha cometido el peletero?

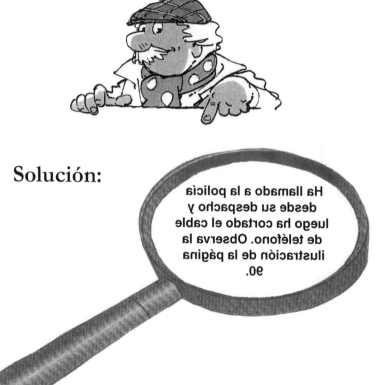

Solución:

Ha llamado a la policía desde su despacho y luego ha cortado el cable de teléfono. Observa la ilustración de la página 90.

Al andén número trece

Un caso urgente obliga a Caramba a
ir a Fráncfort inmediatamente. No ha
tenido tiempo ni de almorzar. Por eso,
al llegar a la estación, se ha comprado
en el quiosco una libra de manzanas
y el periódico como "postre". Así se
ahorrará tener que comer en el vagón
restaurante, y leer el periódico, como
todo el mundo sabe, no engorda tanto
como un helado.

Solo lleva una maleta, la cartera y una
bolsa de plástico. Hace frío y, por los
altavoces de la estación, anuncian que el

Intercity hacia Fráncfort llega con quince minutos de retraso. Caramba se sube el cuello del abrigo y se frota las manos. ¡Quince minutos! Eso es mucho tiempo en un andén frío con corrientes de aire…

Para entrar en calor, decide andar arriba y abajo cerca de su equipaje, que ha dejado en el suelo. De repente, cuando se da cuenta, se acalora:

—¡La cartera! ¿Dónde está mi cartera? —dice, en voz baja—. ¡Hace un minuto aún estaba al lado de la maleta! ¡Y la bolsa de plástico con las manzanas también ha desaparecido!

Caramba mira a su alrededor, pero no ve a nadie corriendo. En las escaleras no hay nadie marchándose. Es decir, no hay nadie que haya abandonado el andén: todos están esperando el tren.

Por lo tanto, la cartera tiene que estar en algún lugar del andén. Si Caramba no estuviera tan alterado, seguro que la encontraría.

Pregunta para todos los detectives que sepan observar bien:

¿Dónde está el equipaje que falta?

Solución:

En la bolsa de viaje de la señora del sombrero. Se ve una punta de la cartera que sobresale por arriba y unas manzanas que se le han caído al suelo.

El animado
martes de Ana

Ana tiene doce años y es una chica muy alegre. Además, no tiene problemas en la escuela. Pero hoy ha sido un mal día para ella: primero la pelea con Nicole, y luego ¡el cinco pelado en Mates!

Malhumorada, Ana pasea lentamente entre las hojas de otoño.

La escuela está cerca de casa, y a pesar de que hoy ha salido una hora antes, no se alegra para nada; cada vez

anda más y más despacio.

—¡Ay, ya vuelve a ser martes! —refunfuña, decepcionada. El martes es el día en que su madre trabaja en la consulta del dentista, el doctor Bergeest. Por lo tanto, no hay nadie en casa con quien hablar y poder tranquilizarse.

Busca las llaves en los bolsillos de la chaqueta.

Cuando llega a la esquina de su casa ve una furgoneta Volkswagen de color azul oscuro aparcada en el camino de entrada. ¡Qué raro!, si ahí no se puede aparcar… ¡Y la puerta del jardín está abierta!

Instintivamente, Ana se detiene. El cansancio se le ha ido como por arte de magia, y se ha olvidado del mal humor. ¡Aquí pasa algo raro, su madre nunca deja abierto el balcón de arriba! Entonces, Ana se queda sin respiración: ¡el cristal de la ventana de la cocina está roto! Una mano cubierta por un guante negro lanza por la ventana, entreabierta, una bolsa que al caer en el césped produce un sonido metálico. ¡Nuestra plata! ¡La plata de la abuela, de la que mamá está tan orgullosa!

"¡Socorro!, ¡socorro! ¡Ladrones!" A Ana le gustaría gritar, entrar en casa y echar al ladrón.

Pero se ha quedado paralizada. La voz y las piernas no le obedecen.

Es como un sueño, cuando uno quiere correr pero no lo consigue porque se queda como paralizado.

Y quizá es mejor así, porque arriba en el balcón aparece un segundo hombre.

—¿Ya estás? —pregunta, en voz baja.

—¡Enseguida termino! —le contestan desde abajo.

—¡Estás tardando demasiado! —le grita el hombre de arriba, ya nervioso, y baja por el balcón. Tiene una estatura media, el pelo oscuro y es sorprenden-temente ágil. Rápidamente, agarra del césped unos cuantos objetos desperdi-gados y corre hacia la furgoneta.

"¡La policía! ¡Tengo que avisar a la policía!", piensa Ana. ¿Pero cómo? Los vecinos no están y la cabina de teléfono está bastante lejos. Es mejor esperar un rato y después entrar en casa, decide.

Entonces sale el otro hombre por la ventana de la cocina. Es mucho más alto que el primero y, por debajo de una gorra, le salen unos rizos rubios. Ana se fija bien en todos los detalles. El la-drón pone todos los objetos dentro de una funda de almohada y también huye hacía la furgoneta.

¿Y si hubiera un tercer hombre dentro de la casa? No lo parece, pues-to que acaban de arrancar el motor del vehículo. Ana los espía a través de la verja e intenta memorizar la matrícula del coche. Solo puede ver que termina en "RS 373".

—Tres siete tres, tres siete tres —repite, temblando, mientras mete la llave en la cerradura. Al abrir la puerta, corre hacia el teléfono y llama a la policía.

Llegan enseguida, pero no lo suficiente como para poder pillar a los ladrones. Empieza la búsqueda del vehículo con los datos que les ha proporcionado Ana. Lo encuentran al anochecer, cerca del bosque, al otro lado de la ciudad. El propietario de la furgoneta es un hombre llamado Leo Klenze, que vive en el mismo edificio en el que se encuentra la consulta del dentista donde trabaja la madre de Ana. ¿Simple casualidad? Eso parece. El propietario se queda boquiabierto cuando la policía llega a su casa y le dice que le han robado la furgoneta.

Seguramente el robo no se hubiera resuelto nunca si, unos días más tarde, Ana no hubiera visitado a su madre en la consulta del dentista: le daba miedo quedarse sola en casa.

Una semana después, cuando subía las escaleras hacia la consulta, se cruzó con un hombre con el pelo oscuro que le resulta muy familiar. ¡Era el ladrón! ¿Quizá iba al dentista? ¡Pobre Ana, un poco más y sufre un infarto! El hombre la miró, haciendo un gesto raro, y bajó deprisa las escaleras. Desde la ventana de las escaleras, Ana observó cómo subía en una moto, y esta vez se anotó la matrícula entera. Después, subió corriendo las escaleras para ver a su madre y le explicó lo que acababa de pasar.

El hombre no venía del dentista, pero gracias a la matrícula, la policía descubrió que la moto era de Benno Klenze, el hermano del propietario de la furgoneta.

—Ahora empezarán a esclarecerse los hechos —dice Caramba, confiado.

Cuando va a ver a Klenze se lo encuentra sentado y con una pierna enyesada. El hombre, naturalmente, lo

niega todo.

—¿Pero cómo quiere que haya ido en moto? ¿No ve cómo tengo la pierna? —le dice—. Las cosas que llegan a imaginarse los niños fantasiosos…

—Además, cometió un robo con la furgoneta Volkswagen de su hermano —añade el Comisario—. Un testigo lo vio en el balcón de la casa.

—Tiene que tratarse de un error, seguro. ¿Cómo diablos quiere que me descuelgue de un balcón con la pierna enyesada?

—Es verdad —suspira Caramba—. El hombre que bajó por el balcón era muy ágil.

—Además, puede registrar mi casa entera si aún continúa sospechando de mí —le dice Klenze.

Cuando se despide, el Comisario sonríe y susurra:

—¡Ahora verás cómo se hacen las

cosas, chaval!

Y se queda vigilando su casa. Un rato después, el sospechoso sale sin la pierna enyesada, se sube a la moto y se va a ver a un conocido.

—¡Os tenemos! —exclama Caramba, y hace detener a Benno Klenze y a su amigo, ya que encuentran la plata robada en su casa.

—¿Cómo lo ha hecho para detenerle? —le pregunta Ana, cuando Caramba les devuelve los objetos robados.

—Se ha autoinculpado con una observación imprudente. Pero sin tu colaboración, querida Ana, seguro que no lo habríamos logrado.

Pregunta a todos los detectives que no se desesperan por una pierna enyesada:

¿Con qué observación se
ha delatado el ladrón?

Solución:

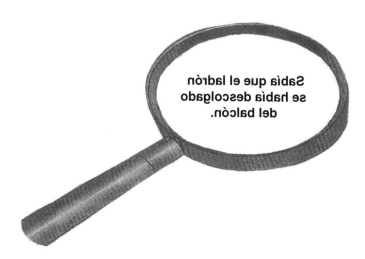

Sabía que el ladrón
se había descolgado
del balcón.

El galán

Caramba odia las excursiones con gente del trabajo. Pero esta vez lo han convencido. Con cara de circunstancias, se sienta en el bus al lado de todos sus alegres compañeros. Antes de marcharse, se compra un periódico.

—¿Le molesta que lea un poco? —le pregunta al agente Zwiebel, que se sienta tranquilamente a su lado.

—Para nada —contesta él, y se aleja cada vez que el Comisario pasa una página del periódico, para que no le dé un golpe en la cara con la hoja. Detrás de Caramba está Walter Schöning, asesor y miembro del club deportivo de la policía. Todo el mundo sabe que es un mujeriego. Esta vez se ha fijado en la señorita Münster, la nueva secretaria del departamento de robos.

—¿Le han dicho que este vestido azul le queda fenomenal? —dice Schöning—. Es exactamente del mismo color que sus ojos.

Caramba arruga la frente. Qué cumplido más torpe. ¡Le debería dar vergüenza! Pero Schöning no se rinde. Ahora elogia su anillo y le dice que tiene unos dedos largos y bonitos, y añade:

—¡Nunca habíamos hecho una nueva adquisición tan buena como la de este mes!

La señorita Münster le responde, avergonzada:

—Pero señor Schöning, no lo estará diciendo en serio…

Caramba le da un codazo a Zwiebel y le dice, en voz baja:

—Vaya galán que tenemos en la oficina…

El agente asiente y se alegra cuando ve que Caramba, finalmente, dobla el periódico.

El Casanova que tiene detrás aún no ha acabado con su trabajo. Ahora explica a la chica que su vida es muy triste y que le apetecía ir a la excursión porque siempre se siente solo.

—¿No está casado? —le pregunta ella.

—Sí. Es decir, lo estaba hasta que mi esposa murió el verano anterior. Un accidente trágico, precisamente durante las vacaciones que pasábamos en la playa, en Austria.

—Vaya… Tiene usted mi más sincero pésame —le dice la señorita Münster, compasiva.

—Aún hoy me culpo de ello. Mi mujer paseaba por la playa y me imagino que la debió de sorprender la marea. En todo caso, nunca volvió al hotel.

—¡Qué horror!

—Por eso quiero que me prometa una cosa: cuando lleguemos al mar del Norte, no se separe de mí. No quisiera que le pasara nada.

—¡Esto ya es demasiado! —reniega el Comisario.

—¡Me voy a poner a llorar de pena! —le dice Zwiebel.

—Después le tendremos que dar un

buen tirón de orejas. ¡Qué morro, teniendo en cuenta que todo el mundo sabe que su mujer lo dejó por mujeriego! —gruñe el Comisario.

—¿Cómo es posible que alguien se deje engatusar por gente que dice mentiras tan gordas? —pregunta Zwiebel.

—¡Eso mismo me pregunto yo! —exclama el Comisario.

Pregunta para todas las detectives que no se dejan engañar por los galanes:

¿A qué mentira se refiere el agente Swiebel?

Solución:

Austria no tiene playas porque es un país interior.

Las libras perdidas

—Esto no puede continuar así —gruñe Caramba, mirando su barriga en el espejo, que sobresale como un balcón en una fachada—. A este ritmo, dentro de poco ni podré agacharme para abrocharme los zapatos.

Así que, como ya falta poco para las vacaciones, decide apuntarse a un balneario: a ver si consigue adelgazar.

Dos semanas después, el Comisario está haciendo la maleta. Confiado, mete tres pantalones que ahora le quedan muy apretados. Cuando llega al balneario comprueba, satisfecho, que hay gente

que necesita adelgazar aún más que él.

Al día siguiente, el médico lo examina, le toma las medidas y lo pesa.

¡Empieza el tratamiento! La norma es andar mucho y no comer nada. Caramba hasta incluso hace unas cuantas flexiones antes de meterse en la cama, y consigue dormir como si fuera una marmota. Para desayunar solo hay té y, para almorzar, una sopa aguada. Por la tarde y por la noche no toma más que zumos y té, y así todos los días. No para de nadar y pasear. No come nada y se siente un héroe. El esfuerzo tiene su recompensa: la aguja de la balanza baja rápidamente. En una semana ha perdido siete quilos, y cuando mira hacia abajo se vuelve a ver la punta de los zapatos. Decide probarse los pantalones que le apretaban. ¡Si hasta le quedan grandes! Esto le hace muy feliz.

El domingo, a mediodía, coincide en

la sauna con el señor Symons, un interventor de cuentas que ha conocido paseando.

—¡Con qué gusto me tomaría una buena cerveza fría! —reniega el inglés, y se seca el sudor de la frente.

—Yo voy a aguantar hasta el final —contesta el Comisario—. ¡En una semana he perdido siete quilos!

—Y yo trescientas libras en una tarde —le cuenta, preocupado: y es que no se refiere a las libras de peso, si no a libras esterlinas.

Entonces le cuenta que el día anterior, mientras estaba en la sauna, le robaron la cartera de la chaqueta.

—Dentro llevaba documentación importante, como el pasaporte. Tiene que haber sido alguien que estaba dentro de la sauna en el mismo momento que yo, pero no me gusta sospechar de ningún inocente. Es muy desagradable, extremadamente desagradable. ¿Piensa que debería informar a la policía?

—No se preocupe, ya me ocuparé yo —le promete Caramba.

En primer lugar, pregunta al encargado que se ocupa de la sauna quién estuvo ayer allí a esa hora.

—Ayer entre las tres y las cuatro, un momento —le dice el encargado mientras consulta el libro de registro.

—Entre las tres y las cuatro fueron a la sauna el señor inglés y tres personas más: el señor Cranz, de Berna; el señor Otto Schmitt, de Ottobeuren, y el señor Benziger, de Graz.

—¿Está seguro de que nadie más estuvo en la sauna a esa hora?

—Completamente. Todo el mundo pasa por delante de mí y debe entregarme el pase. Además, yo mismo estaba en la sauna, y a las tres y media me hice una infusión de hierbas y no vi a nadie más que a estos cuatro señores sudando.

—Cuando el señor Symons salió de la sauna le había desaparecido la cartera —le cuenta Caramba.

—Sí, también me lo ha dicho, pero la he buscado por todos los armarios del vestuario y no he encontrado nada. ¿Qué había en la cartera?

—Dinero y documentos, el pasaporte, cheques y tarjetas de crédito, nada fuera de lo habitual —le responde Caramba.

—Es muy molesto, pero estoy seguro de que el ladrón aún debe tener el dinero. Al fin y al cabo, ¡no va a poder hacer nada con las libras esterlinas aquí dentro! Quizá sería conveniente registrar las habitaciones.

—Tiene mucha razón —acepta el Comisario, pensativo.

Por la tarde habla con el señor Cranz, el señor Benziger y el señor Schmitt. Los tres lamentan mucho el incidente y todos declaran no haberse dado cuenta de nada.

Schmitt les dice:

—Yo fui a la sauna con el señor Cranz. El señor Benziger ya estaba dentro con el señor Symons. Cuando Symons salió, también se fue el señor Cranz, porque tenía demasiado calor. Cuando yo salí de la sauna con Benziger, el señor Symons y el señor Cranz estaban en la sala de reposo. Entonces nos duchamos y también fuimos.

El señor Cranz confirma esta declaración.

—En ningún momento me quedé solo en los vestuarios. Primero estaba el señor Schmitt y después, Symons. Más tarde, nos tumbamos todos en la sala de reposo. Creo que eran sobre las tres cuarenta y cinco.

La declaración del señor Benziger es parecida:

—Soy un habitual de la sauna, pero esta vez no hacía tanto calor como otros días. Por eso me quedé dentro casi veinte minutos. Primero unos diez minutos con el señor Symons y, después, otros diez con el señor Schmitt. No fui a los vestuarios. Y además, en la sauna todo el mundo va desnudo. ¿Dónde nos habríamos escondido la cartera?

—Tiene razón —dice Caramba—. Pero sus declaraciones me han ayudado mucho. Me han confirmado que solo hay una persona que puede haber cometido el robo.

Pregunta para todos los detectives que se ven capaces de resolver este caso sin sudar, a pesar de que tenga relación con una sauna:

¿Quién es el ladrón?
¿Cuándo ha cometido el robo?

Solución:

El encargado.
Poco antes de las tres
y media, los cuatro hombres
estaban en la sauna. Entonces pudo
entrar en los vestuarios antes de hacer la intrusión. Además, sabía que
el dinero robado era en libras
esterlinas.

Títulos publicados de la colección:

¡Y muchos más títulos por llegar!

Made in the USA
Coppell, TX
05 December 2023

25375118R00076